Analyse de l'œuvre

Par Isabelle Consiglio et Kelly Carrein

La Nuit du renard

de Mary Higgins Clark

Rendez-vous sur lepetitlitteraire.fr et découvrez :

Plus de 1200 analyses
Claires et synthétiques
Téléchargeables en 30 secondes
À imprimer chez soi

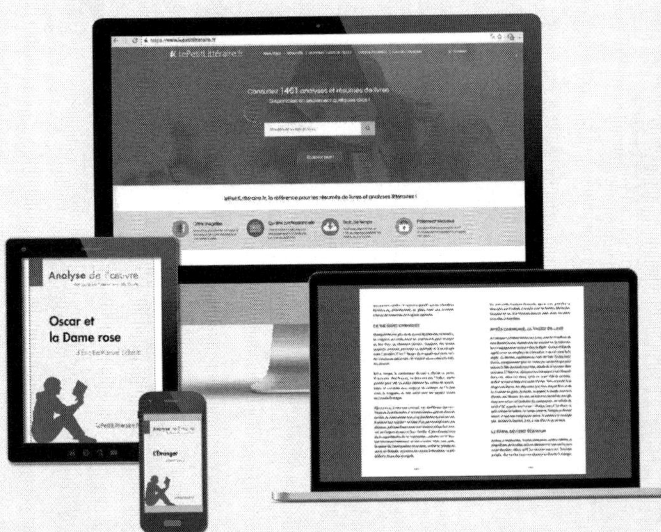

MARY HIGGINS CLARK

ÉCRIVAINE AMÉRICAINE

- **Née en 1929 à New York (États-Unis)**
- **Quelques-unes de ses œuvres :**
  - *La Maison du guet* (1975), roman
  - *La Clinique du docteur H* (1981), roman
  - *Deux petites filles en bleu* (2006), roman

D'origine irlandaise, la romancière Mary Higgins Clark est considérée comme l'une des plus grands auteurs de roman policier, bien qu'elle ait connu des débuts littéraires difficiles. Son talent ne sera en effet reconnu qu'en 1975 avec *La Maison du guet*. Elle a ensuite rédigé une quarantaine de romans et des nouvelles.

Mary Higgins Clark est aujourd'hui l'une des auteures les plus lues aux États-Unis et publie encore de nouveaux romans annuellement, soit seule, soit en collaboration avec d'autres auteurs.

LA NUIT DU RENARD

UN CLASSIQUE DE LA LITTÉRATURE POLICIÈRE

- **Genre :** roman policier à suspense
- **Édition de référence :** *La Nuit du renard*, Paris, Magnard, coll. « Classiques & Contemporains », 2000, 360 p.
- **1ʳᵉ édition :** 1977
- **Thématiques :** peine de mort, prise d'otages, tueur en série, suspense, enquête policière

La Nuit du renard est rapidement devenu un classique de la littérature policière à suspense. Publié en 1977, ce roman est le deuxième publié par l'auteure et son premier grand succès à l'étranger, notamment en France où il reçoit le grand prix de la littérature policière en 1977. Très ancré dans le paysage urbain new-yorkais, *La Nuit du renard* relate une course contre la montre pour sauver deux otages d'un tueur en série. Le roman aborde également le thème quelque peu polémique de la peine de mort.

RÉSUMÉ

L'AFFAIRE NINA PETERSON

Deux ans avant le début de l'intrigue de *La Nuit du renard*, Nina Peterson est étranglée sous les yeux de son fils Neil, qui souffre depuis de violentes crises d'asthme. Suite au témoignage d'une voisine, le jeune Ronald Thompson est accusé du meurtre et n'a de cesse de nier les faits : il a tout de même été condamné à mort.

Journaliste et veuf de Nina, Steve Peterson s'est montré favorable à l'exécution du coupable présumé : deux ans plus tard, ce dernier est en passe d'être exécuté. À cette occasion, un débat télévisé est organisé. Steve y est invité, ainsi que Sharon Martin, une journaliste et militante en faveur de l'abolition de la peine de mort. Malgré leurs points de vue opposés, les deux journalistes entretiennent une relation sérieuse depuis six mois.

De son côté, l'avocat de Ronald Thompson essaie de retarder l'exécution de son client pour pouvoir prouver son innocence. Il tente d'établir un rapprochement entre le meurtre de Nina et celui de deux autres jeunes femmes, assassinées après l'incarcération de Ronald : en panne sur l'autoroute, ces femmes ont été étranglées par un homme qui a feint de leur venir en aide.

L'INCONNU DE LA CHAMBRE D'HÔTEL

Un occupant d'une chambre d'hôtel de New York suit avidement le débat. En effet, il projette d'enlever Sharon et Neil afin de réclamer une importante rançon. L'inconnu, qui se fait appeler Renard et qui se révèlera être le meurtrier de Nina, dissimule une bombe dans sa valise et se rend dans une pièce inaccessible au public, au cœur des entrailles de *Grand Central Station* à New York pour mettre son plan à exécution. À l'époque où il était plongeur dans l'un des restaurants de la gare, ce débarras lui servait de lieu de travail : c'est là qu'il compte dissimuler ses deux otages en attendant la réception de la rançon. Hanté par les yeux fixes et exorbités de Neil lorsqu'il a assisté au meurtre de sa mère, Renard est sujet à de nombreux cauchemars.

Depuis la mort de son épouse, Steve partage sa maison avec les Lufts, qui occupent le second étage du bâtiment. Renard espionne ces derniers depuis une semaine et connait parfaitement leur emploi du temps afin de mettre son plan machiavélique à exécution.

Le soir même, Sharon doit retrouver Steve chez lui, dans le Connecticut (Nord-Est des États-Unis). Bien qu'amoureuse de son compagnon, elle compte mettre fin à leur relation : leur divergence d'opinions ainsi que le manque d'affection de Neil à son égard ne lui sont plus supportables. Mais Steve est retenu à New York pour une réunion importante et Sharon passe la soirée seule avec Neil. Quand on sonne à la porte, Sharon se retrouve nez à nez avec Renard qui les menace d'un révolver et les enlève. Dès la fin de sa réunion, Steve téléphone chez lui mais personne ne décroche, ce qui commence à l'inquiéter.

L'ENLÈVEMENT

Évitant le regard de Neil, Renard enferme l'enfant bâillonné dans un grand sac de marin (afin de faciliter son transport), ligote Sharon et prend des photos de ses victimes apeurées. La famille Perry, les voisins et amis de Steve, remarque que la lumière extérieure de la maison est éteinte et qu'une voiture démarre en trombe dans la rue : il s'agit du véhicule de Marian Vogler, leur nouvelle femme de ménage, que Renard a volé afin de passer inaperçu lors du kidnapping. Ce n'est qu'à la sortie du cinéma que Marian constate qu'on a volé sa voiture : elle porte aussitôt plainte au poste de police.

Afin de laisser une trace de son passage et d'aider les enquêteurs à les retrouver, Sharon laisse volontairement la bague que Steve lui a offerte dans le véhicule. Son sang-froid se révèlera payant : plus tard, lors d'une visite chez ses voisins, Steve remarquera la bague de Sharon au doigt de Marian Vogler et comprendra que le voleur de la voiture ainsi que le ravisseur de sa famille ne sont qu'une seule et même personne.

À *Grand Central Station*, Renard et les otages manquent de peu de croiser Steve qui prend le train pour rentrer chez lui au moment même où le kidnappeur guide ses otages vers une salle abandonnée de la gare. Ils tombent également sur Lally, une clocharde qui vit depuis plusieurs années dans la pièce qui sert de cache à Renard. Elle remarque l'air apeuré de Sharon mais, ennuyée que son local soit occupé par d'autres, s'en va sans demander son reste.

De retour chez lui, Steve trouve les instructions de Renard :

il doit attendre d'autres directives de sa part en vue de la remise d'une importante rançon. Le journaliste prévient immédiatement Hugh Taylor, l'agent du FBI qui avait enquêté sur le meurtre de Nina.

LA CACHE

Persuadé que Sharon est soudainement tombée amoureuse de lui, Renard projette de partir avec elle après la remise de la rançon. Sharon profite de cette faiblesse pour le manipuler et l'embrasse pour s'emparer de l'arme qu'il dissimule dans sa poche. Or son ravisseur s'en aperçoit : Sharon chute lourdement et se blesse à la cheville. Renard tente alors de la tuer en l'étranglant, mais se rend compte qu'il pourrait avoir encore besoin d'elle. Il attache alors les deux otages et relie le détonateur de la bombe à la porte du vieux local. Craignant toujours le regard de Neil, il refuse d'enlever le bandeau des yeux de l'enfant. Auteur d'autres crimes, Renard a affiché les portraits de toutes ses victimes sur les murs de la cache.

La pièce est ainsi longuement décrite à travers plusieurs chapitres : l'auteure insiste sur son caractère insalubre et, par conséquent, sur la cruauté de Renard, qui retient Sharon et Neil dans cette salle désaffectée pendant deux jours.

LE RÔLE DE LA POLICE

De son côté, la police a retrouvé la voiture de Marian Vogler en stationnement interdit à Manhattan. En récupérant sa voiture, Marian découvre la bague de Sharon et se l'approprie. Les agents soupçonnent d'abord Sharon d'avoir simulé son enlèvement pour retarder l'exécution de Ronald Thompson. Steve, convaincu que sa compagne en est incapable, est furieux de cette accusation.

Plus tard, un agent du FBI est envoyé au bar que fréquente Bill Lufts, le voisin alcoolique de Steve. Tous les clients semblent être au courant des moindres détails de la vie des Peterson, car Bill est très bavard lorsqu'il boit. L'agent croise également un certain Arty Taggert, un mécanicien qui semble être sur le point de quitter la ville. Il s'agit en réalité de Renard, qui a profité de l'alcoolisme de Bill pour se procurer des informations sur la vie des Perry, ce que le policier comprendra plus tard.

LE MEURTRIER DE NINA

Renard téléphone aux Perry pour éviter que la police ne remonte jusqu'à lui et ordonne à Steve de se rendre dans une cabine téléphonique le lendemain matin. Glenda Perry est persuadée d'avoir reconnu la voix du kidnappeur mais ne parvient pas à se rappeler de qui il s'agit : elle fera plus tard le lien entre le ravisseur et le mécanicien chez qui elle s'est rendue quelque temps auparavant, Arty Taggert.

Le lendemain, Renard appelle effectivement Steve au moment convenu, en déguisant sa voix, et lui réclame 82 000 dollars de rançon, soit la somme exacte que Steve a placée pour les études de Neil ; selon la police, cela ne peut être un hasard. De son côté, Steve souhaite obtenir un enregistrement prouvant que les deux otages sont en vie. Renard, tout d'abord énervé par la requête de Steve, finit par l'accepter en échange de la rançon. Steve retire de l'argent à la banque de New York et passe par *Grand Station*, à quelques mètres de Sharon et Neil.

Steve reçoit l'enregistrement de ses proches, qui a été déposé dans un presbytère par Renard. Cependant, ce dernier a ajouté, à la fin de la bande-son, la voix de Nina qu'il avait enregistrée avant de la tuer, prouvant ainsi sa culpabilité : il veut signifier à Steve que s'il a pu tuer sa femme, il pourrait en faire autant aujourd'hui.

Steve se rend plus tard au rendez-vous fixé par Renard et lui remet la somme convenue. Ce dernier lui assure qu'il retrouvera Sharon et Neil le lendemain à 11h30, heure prévue pour l'exécution de Ronald Thompson (ainsi que pour l'explosion de la gare que Renard prévoit, avec Sharon et Neil retenus prisonniers dans leur cache). Neil, témoin de l'enregistrement de son ravisseur, reconnait Renard comme étant le meurtrier de sa mère.

UN DÉNOUEMENT PLEIN DE SUSPENSE

Entretemps, l'avocat du jeune Thompson parvient à prouver que son client ne peut avoir tué Nina et contacte Steve pour pouvoir interroger son fils et tenter de reporter l'exécution. En effet, Neil a vu Renard tuer sa mère au moment où son client sonnait à la porte, puis s'est évanoui ; il a ensuite aperçu Ronald Thompson qui tentait de dénouer l'écharpe autour du cou de Nina et a cru qu'il s'agissait de la même personne.

Lally comprend que Sharon est séquestrée dans la pièce

qu'elle occupe habituellement l'hiver et tente de s'y introduire. Renard essaie alors de l'assassiner d'un coup de poignard dans le dos, avant de fuir vers l'aéroport. Il prévient les autorités qu'à 11h30, une bombe explosera dans l'un des principaux centres de transports de la ville. Il compte ainsi influer sur la vie de milliers de gens et semer le désordre dans New York avant de prendre la fuite. Les autorités le rattrapent avant qu'il n'embarque pour l'Arizona (Ouest des États-Unis), où il espérait rencontrer des filles affectueuses. Il leur échappe de justesse et retourne à *Grand Central Station* pour tuer Sharon de ses propres mains avant de déclencher l'explosion.

Grièvement blessée, Lally se traine jusqu'à la porte. Elle parvient à l'ouvrir et à libérer Sharon et Neil. Sous l'insistance de sa belle-mère, Neil s'enfuit et trouve son père dans le hall d'entrée de la gare. Entretemps, Renard a regagné la cache et tente d'étrangler Sharon, mais l'arrivée de Steve et Hugh contrecarre ses plans. Il s'enferme dans les toilettes et meurt dans l'explosion. Steve, Sharon, Neil et Hugh ont pu quitter la gare (préalablement évacuée) avant l'explosion. Ces évènements entrainent l'annulation in extrémis de l'exécution de l'innocent Ronald Thompson.

ÉTUDE DES PERSONNAGES

ARTY, DIT RENARD

Arty, de son vrai nom August Rommel Taggert, a passé son enfance dans un orphelinat, puis en maison de détention pour un crime commis lorsqu'il avait 15 ans. Il ne semble pas avoir été aimé dans sa vie : il ne fait aucune allusion à des amis ou une quelconque famille. Il s'installe à New York et survit grâce à des petits boulots comme plongeur ou mécanicien. Ne disposant pas d'importants moyens financiers, il cultive une rancœur à l'égard de la réussite des autres et souhaite plus que tout prendre une revanche sur la vie. Soucieux de plaire aux filles, il projette d'utiliser l'argent de la rançon pour partir vivre en Arizona et profiter de sa fortune pour faire succomber la gent féminine.

Renard souffre certainement de troubles paranoïaques : il rêve chaque nuit des yeux de Neil depuis l'assassinat de Nina et est persuadé que les jeunes femmes qu'il assassine ne peuvent résister à son charme. Ses troubles se traduisent aussi par un certain détachement d'avec la réalité : il est, par exemple, persuadé que Sharon montre des signes d'affection à son égard lorsqu'il l'enlève, alors qu'elle a simplement des mouvements involontaires d'effroi. Il a également cru que Nina l'aguichait alors qu'elle se montrait tout simplement sympathique et reconnaissante après qu'il a changé son pneu de voiture. Lorsqu'il a tenté de l'embrasser, la gifle qu'elle lui a administrée n'a fait qu'accroitre sa rage et a conduit à ce qu'il l'étrangle.

Cruel et violent, voire sadique, Renard affiche des photos des derniers instants de vie de ses victimes et enregistre également leur agonie : il aime voir la peur dans leurs yeux. Mégalomane, Renard choisit son surnom en référence au célèbre officier allemand Erwin Rommel (1891-1944), surnommé le « Renard du désert ». Ainsi, Renard espère passer à la postérité tout comme son modèle. Rusé et méthodique, il a prévu les moindres détails de son plan en évitant notamment les caméras et le radar que le FBI a placé dans la valise contenant la rançon (en transférant l'argent dans un de ses sacs). Renard maitrise également l'art du travestissement et sait susciter la confiance de ses futures victimes en se montrant sympathique, à l'écoute et prompt à les aider. N'éprouvant aucun remords, ce personnage n'attire en rien la sympathie du lecteur. Dès le début, il est présenté comme froid et calculateur, des traits de caractère qui tendent à le déshumaniser et à l'opposer à ses victimes.

STEVE PETERSON

Issu d'une famille modeste, Steve entame des études de journalisme après son service militaire et devient rédacteur en chef du magazine *L'Événement*. Ayant perdu sa mère très jeune, il a souhaité fonder rapidement une famille avec Nina, rencontrée à l'université. Brisé par l'assassinat de cette dernière, Steve s'inquiète surtout de la santé de son fils. Il rencontre ensuite Sharon, qui accepte son lourd passé, et souhaite refaire sa vie avec elle en la demandent en mariage. Sharon est ainsi la personne qui a pu apaiser sa solitude et son chagrin suite à la mort de Nina. La famille est au centre de ses préoccupations et motive ses actions.

Le personnage de Steve est central dans l'intrigue et évolue sans cesse. En effet, il change radicalement d'avis concernant la peine capitale. D'abord convaincu de la culpabilité du jeune Ronald Thompson, il ne néglige par la suite aucune piste afin de découvrir la vérité et fait le maximum pour lui éviter la mort (en se rendant à la gare malgré le danger par exemple). Prêt à tout pour sauver ceux qu'il aime, Steve est un personnage fort et déterminé. Le lecteur ressent de la sympathie pour lui, car il peut s'identifier aisément à ses valeurs familiales et à son deuil. Dès lors, il est amené à poursuivre sa lecture avec l'espoir que ce personnage attachant rencontre une fin heureuse.

SHARON MARTIN

Brillante journaliste engagée en faveur de l'abolition de la peine de mort, Sharon Martin a déjà publié divers livres sur le sujet. Son père était ingénieur dans une compagnie pétrolière : elle a donc passé son enfance entre l'Europe et l'Afrique.

Steve est son premier véritable amour. Sharon hésite pourtant à s'engager dans cette relation en raison du douloureux passé de cet homme et de leurs divergences idéologiques sur la peine capitale. Son enlèvement et sa séquestration permettent à Sharon de se rapprocher de son beau-fils, Neil. Enfermés seuls, ils se font des confidences et se rassurent mutuellement. Bien qu'elle nourrissait déjà un instinct maternel vis-à-vis de Neil, qu'elle calme lors de ses crises d'asthme, Sharon se sent responsable de lui et tente avant tout de lui sauver la vie. Courageuse, elle répond avec sang-froid aux avances de Renard pour tenter de s'emparer de son arme à feu. Si Sharon est la victime de l'intrigue, c'est également elle qui l'amène à sa résolution grâce à la bague qu'elle laisse dans la voiture de Marian pour laisser une trace de leur passage ou aux indices qu'elle laisse dans le message audio pour Steve.

NEIL PETERSON

Neil est un enfant traumatisé par le meurtre de sa mère dont il a été le témoin. Souffrant de fréquentes crises d'asthme et de nombreux cauchemars, il redoute le mariage de son père avec Sharon, car il se sent abandonné et est persuadé que son père le confiera définitivement aux Lufts, leurs voisins. Par conséquent, il traite sa future belle-mère avec une certaine froideur avant que leur enlèvement ne les rapproche sensiblement.

De manière générale, Neil est un enfant surprotégé et mal intégré à l'école, qui souffre des nombreux non-dits de sa famille. Ainsi son père refuse-t-il notamment d'évoquer les évènements qui ont directement suivi le meurtre de Nina. Le passé de Neil l'a rendu très timide : il a du mal à s'exprimer et est sujet à de nombreuses crises de larmes.

Neil sort grandi et apaisé de cette histoire, puisqu'il sait que désormais, il ne doit plus craindre Renard.

CLÉS DE LECTURE

UN EXEMPLE DU GENRE POLICIER À SUSPENSE

La Nuit du renard s'est rapidement érigé comme l'un des plus grands classiques de la littérature policière à suspense.

Le genre policier fait partie de la paralittérature, c'est-à-dire d'une littérature qui a une visée commerciale et qui cherche à plaire au plus grand nombre (par opposition à certains genres, comme les essais, qui visent un public plus spécialisé). Le texte qualifié de paralittéraire doit donc être accessible pour un lectorat qui attend une lecture distrayante. Mary Higgins Clark a en effet un style simple et direct, qui ne demande pas une attention particulière (l'attention du lecteur est plutôt maintenue grâce à la tension narrative inhérente au roman policier). Le genre est apparu au XIXe siècle, et le terme fut utilisé pour la première fois en France en 1890. Cette apparition coïncide avec l'industrialisation des villes et l'augmentation de la criminalité : dès lors, le crime a commencé à faire partie du quotidien des citadins.

Le genre se caractérise par la découverte progressive d'éléments rationnels expliquant un crime. Ainsi, les indices (la bague, le pneu, la voix de Renard que Glenda reconnait, etc.) sont donnés au fur et à mesure aux protagonistes, et donc au lecteur, qui peut dès lors se faire sa propre idée du coupable et vérifier sa théorie en poursuivant sa lecture.

Le roman policier, bien que très varié dans ses sous-genres, inclut six éléments invariablement présents, dont le coupable (Renard), la victime (Nina) ou encore le mobile (la frustration amoureuse après que Renard a été rejeté par Nina), qu'on retrouve dans l'intrigue de *La Nuit du renard* à travers le meurtre de Nina. Un second crime peut également s'ajouter au premier, en l'occurrence le kidnapping de Sharon et Neil, qui répond peu ou prou au même canevas.

Le roman à suspense est une sous-catégorie du roman policier dont *La Nuit du renard* fait partie. Il s'agit de romans dans lesquels un ou plusieurs personnages sont placés dans une situation de danger de plus en plus oppressante, notamment grâce à l'utilisation d'un compte à rebours (ici, l'heure limite de l'explosion) qui laisse le destin du ou des personnages en suspens : jusqu'au dernier moment, on ignore si Sharon et Neil survivront et si Ronald Thompson sera exécuté. De plus, le roman policier à suspense laisse une plus grande place au point de vue de la victime (ici, les ressentis de Sharon et Neil sont très prégnants) ; à l'inverse, les romans policiers à problème se concentrent sur le point de vue du détective qui doit récolter des indices et résoudre son enquête.

Un suspense omniprésent

Dans *La Nuit du renard*, des évènements horribles et injustes adviennent à des personnages attachants et fragiles comme la famille Peterson. Le lecteur n'a donc aucun mal à s'attacher aux victimes plutôt qu'à Renard et à souhaiter qu'ils sortent vivants de l'aventure. L'auteure tient son lectorat en haleine.

Bien que pressé de connaitre la suite des évènements, le lecteur en est empêché par une série de mécanismes qui introduisent du suspense et retardent la résolution de l'intrigue :

- **la structure du roman accentue l'impression de tension intense.** L'histoire n'est en effet pas présentée de manière chronologique, mais sous la forme d'épisodes qui suivent les faits et gestes d'un personnage en particulier, sans mention des actions des autres personnages. De plus, la focalisation change à chaque chapitre. Le même évènement est parfois relaté à plusieurs reprises, selon deux points de vue : l'auteure raconte le croisement de regards entre Sharon et Lally du point de vue de Sharon, puis selon la perception de Lally. L'ensemble de la narration se présente donc comme une sorte de puzzle que le lecteur doit reconstituer. L'avancée de l'intrigue est donc très lente, avant de s'accélérer dans la seconde moitié du roman ;
- **les chapitres sont la plupart du temps interrompus à des moments-clés**. Il en va ainsi lorsque Renard fait irruption chez les Peterson ou lorsque Lally parvient enfin à ouvrir la porte de la cache, actions qui closent leurs chapitres respectifs. Le lecteur est alors dans l'obligation de poursuivre rapidement sa lecture afin de pallier ce manque. De plus, les chapitres qui succèdent directement à ces moments-clés ne résolvent pas le suspense : si Sharon est menacée par Renard à la fin du chapitre VII, le chapitre VIII est quant à lui consacré à Steve ; le lecteur n'est donc pas immédiatement mis au courant du destin de Sharon et doit poursuivre sa lecture pour trouver les

réponses à ses questions. Le chapitre IX reprend alors quelques secondes après la fin du chapitre VII ;

- **le récit est truffé d'actes manqués**, notamment lorsque Steve manque à deux reprises de croiser Sharon et Neil : à la gare pour rentrer chez lui et à New York pour y remettre la rançon. L'intrigue aurait donc pu prendre fin beaucoup plus tôt. Le lecteur, qui dispose de davantage d'éléments de l'intrigue que les personnages, est au courant de cette situation frustrante. Les otages auraient pu être secourus au moins deux fois, et le fait que cela ne se produise pas accentue le suspense et la tension : Sharon et Neil pourront-ils être sauvés à temps ou périront-ils dans les griffes de Renard ? Ces « actes manqués » présentent un caractère ironique et montrent que le destin des personnages peut se jouer sur des détails. Le dénouement heureux est finalement un soulagement pour le lecteur ;
- **tous les personnages du roman sont liés d'une manière ou d'une autre**. Aucun intervenant n'est décrit sans raison, et cela même s'il peut paraitre insignifiant au premier abord. C'est le cas de Marian Vogler, la femme de ménage des Perry, liée à Sharon par le vol de la voiture et la bague retrouvée. Le lecteur peut déceler la présence de cette particularité narrative car l'importance des scènes et des personnages décrits est toujours explicitée par la suite. Cependant, même si les personnages ont tous leur importance, certains détails – notamment au sein des flashbacks – ralentissent sensiblement l'intrigue ainsi que sa résolution. Le lecteur peut s'interroger devant l'utilité de ces passages parfois longs (comme le chapitre consacré au vol de la voiture de Marian, qui détaille d'abord ce qu'elle a fait avant de se rendre compte de

l'absence du véhicule) qui ralentissent le développement
de l'histoire : ils s'inscrivent pourtant à part entière dans
l'intrigue et donnent des informations cruciales ;
* **des parallèles sont sans cesse établis entre le ressenti
des différents personnages**. S'attarder sur le ressenti et
les pensées des protagonistes interrompt le fil de l'action
et ralenti considérablement l'intrigue.

La tension narrative monte *crescendo*. Ainsi, c'est certainement dans la dernière partie du roman que le suspense est le plus présent, puisque Steve et le FBI doivent localiser et stopper la bombe avant la limite de 11h30. Ronald Thompson doit également être sauvé de la chaise électrique avant cette heure. Les évènements se précipitent et s'enchainent très rapidement (Steve et Hugh découvrent l'identité de Renard, celui-ci est repéré par la police et revient à la gare, etc.), ce que l'auteure exprime par l'emploi de phrases courtes : « Il ne lui fallait plus que deux minutes. Ses doigts électrisés le brûlaient. Il les pliait, les dépliait tout en descendant l'escalier quatre à quatre. Seuls les pouces restaient rigides. » (chapitre XLVII) Cette nécessité de rapidité ajoute une tension supplémentaire à l'intrigue. Les chapitres reprennent le décompte jusqu'au moment crucial de l'explosion en donnant régulièrement des informations sur l'heure. Le lecteur est ainsi toujours tenu au courant du temps qu'il reste aux otages pour qu'ils soient sauvés, ce qui lui permet de ressentir le stress des protagonistes. Jusqu'au dernier moment, le lecteur est tenu en haleine et ignore si l'issue sera heureuse pour chacun d'eux, ce qui lui parait impossible.

La psychologie des personnages

La narration ménage de nombreuses pauses descriptives renfermant la plupart du temps des flashbacks. Ces retours en arrière sont introduits à des moments-clés de l'intrigue et cassent son rythme effréné. C'est par exemple le cas lorsque Steve se rend à New York pour remettre la rançon et qu'il se remémore l'assassinat de Nina. Ces parenthèses sont l'occasion pour le lecteur d'en apprendre davantage sur les personnages du roman ainsi que sur leur passé, glanant par là même progressivement des indices qui se révèleront essentiels pour résoudre l'intrigue.

Le narrateur omniscient se focalise successivement sur des personnages en particulier ou des groupes de personnages, ce qui permet de développer certains de leurs traits de caractère avec plus de détails : on apprend par exemple que Sharon n'a jamais vraiment connu l'amour avant Steve, que ce dernier est très préoccupé par le bienêtre de son fils, que le petit Neil est très anxieux, etc. Les personnages principaux sont à un tournant de leur vie : Steve a perdu sa femme, Sharon pense à la rupture, Neil est tourmenté, etc. Le lecteur a ainsi une connaissance globale de la vie de chacun des protagonistes, ce qui n'est pas toujours le cas dans le roman policier : par exemple, il connait des détails sur le passé de Lally, alors que ceux-ci ne sont pas des plus pertinents pour résoudre l'affaire (même si ce personnage secondaire se révèlera essentiel à la fin du roman). Notons que les personnages sont assez typés : l'auteure ne laisse pas d'impression d'entredeux puisqu'il y a une division nette et empreinte de manichéisme entre les « bons » et les « méchants ».

Enfin, l'une des particularités stylistiques de *La Nuit du renard* est la description de ces personnages. Là où Sharon et Steve sont nommés et décrits avec précision, Renard est rendu anonyme en étant uniquement désigné par « il », « l'homme », etc. Ce processus permet de décaler la découverte de l'identité du criminel et, ce faisant, de le rendre beaucoup plus inquiétant aux yeux du lecteur.

Nous remarquons donc que le travail de Mary Higgins Clark sur la forme de son texte a un impact sur le fond. En effet, le lecteur a conscience dès le premier chapitre qu'un crime va se jouer, mais est un spectateur impuissant. Il ne peut que constater l'ignorance des personnages face au destin tragique qui les attend inexorablement.

LE DÉBAT SUR LA PEINE CAPITALE

La Nuit du renard aborde le délicat sujet de la peine de mort aux États-Unis. Les divers personnages illustrent des points de vue différents sur la question : l'intrigue commence d'ailleurs par une présentation des avis divergents du couple principal. Sharon Martin est opposée à la peine capitale, jugée sensationnelle et moyenâgeuse, mais n'en demeure pas moins convaincue de la culpabilité du jeune Ronald Thompson. À contrario, Steve est favorable à la peine capitale (et se montre très virulent lorsqu'il s'exprime à ce sujet) : il remarque que les meurtres ont diminué depuis que la peine de mort a été réinstaurée et qu'il faut donc traiter les meurtriers comme ils traitent leurs victimes. Il change pourtant d'avis au cours de l'enquête lorsqu'il réalise que Renard est le véritable coupable du meurtre de Nina et qu'un innocent pourrait mourir pour un crime qu'il n'a pas commis.

Le roman illustre également le travail difficile des avocats des condamnés, particulièrement lorsque ces derniers sont jeunes : « [Si Ronald] tue quelqu'un dans cinq ou six ans, le ferons-nous passer sur la chaise électrique ? En aurons-nous le droit ? » se demande l'avocat. (chapitre XIX) Étant donné que le sort de Ronald Thompson dépend directement du bon déroulement de l'enquête sur l'enlèvement de Sharon, la peine de mort est l'un des thèmes essentiels de *La Nuit du renard*. En effet, si la culpabilité de Renard est prouvée (par le témoignage de Neil par exemple), Ronald sera exonéré.

À l'instar de Mary Higgins Clark, de nombreux auteurs se sont positionnés quant à ce sujet à travers leurs œuvres à l'instar de Victor Hugo (écrivain français, 1802-1885) et son célèbre récit *Le Dernier Jour d'un condamné* (1829), dans lequel l'écrivain s'insurge, sous la forme du journal d'un condamné à mort, contre la peine capitale, une pratique qu'il juge barbare et inhumaine. La question de la peine de mort demeure encore d'actualité, et cela même quarante ans après la publication de *La Nuit du renard* : en effet, plus de la moitié des États américains n'ont pas encore aboli la peine de mort. Cette thématique augmente la tension narrative et rend l'intrigue du roman intemporelle.

LA POSTÉRITÉ DU ROMAN

En tant que grand succès littéraire, ce roman policier a été adapté au cinéma. C'est en janvier 1982 qu'est sorti *Otages*, la version cinématographique de *La Nuit du renard*, réalisé par Sean Cunningham (réalisateur, producteur et scénariste américain, né en 1941). Le film est resté relativement fidèle au livre, tout en changeant quelques menus détails : l'enfant de Steve, Neil, devient une fille prénommée Julie. De plus, le meurtre de Nina a eu lieu trois ans avant le début de l'intrigue, contre deux dans le roman.

Ce roman est le deuxième publié par Mary Higgins Clark et l'un de ses plus grands succès. Il se situe au début d'une longue série de romans policiers, publiés jusqu'à nos jours. À l'heure actuelle, cette auteure prolixe a vendu des dizaines de millions de romans et a connu un énorme succès aux États-Unis, mais aussi en France, où elle a reçu l'insigne de Chevalier de l'Ordre des Arts et des Lettres en 2000. Couronnée de multiples récompenses et titres honorifiques durant ses quarante années de carrières, Mary Higgins Clark est sans conteste l'un des auteurs de romans policiers les plus connus et les plus appréciés du public, au même titre qu'Arthur Conan Doyle (écrivain britannique, 1859-1930) ou Agatha Christie (femme de lettres britannique, 1890-1976).

PISTES DE RÉFLEXION

QUELQUES QUESTIONS POUR APPROFONDIR SA RÉFLEXION...

- À partir de cette œuvre, dégagez les principales caractéristiques du roman policier.
- Comment l'auteure s'y prend-elle pour créer le suspense ?
- Quels sont les effets des flashbacks ? Quel est le but poursuivi par l'auteure ?
- À quel type de narrateur et de focalisation a-t-on affaire ? Quels en sont les effets ? Imaginez que ce soit Steve qui ait été le narrateur. L'effet aurait-il été le même ?
- Qu'est-ce que le surnom d'Auguste Rommel Taggert, Renard, vous apprend sur sa personnalité ?
- Expliquez l'évolution du personnage de Neil.
- Résumez les points de vue de Steve et de Sharon sur la peine de mort. Et vous, quel est votre avis sur la question ? Argumentez.
- Pensez-vous que Mary Higgins Clark cherche à transmettre, à travers ce roman, sa propre opinion sur la peine capitale ? Si c'est le cas, quelle est sa thèse à ce sujet ?
- Comparez *La Nuit du renard* avec d'autres romans policiers comme ceux d'Arthur Conan Doyle et d'Agatha Christie, deux grands maitres de ce genre. Qu'ont-ils en commun ?
- Connaissez-vous d'autres livres, films ou séries où le suspense est aussi fort ? Recourent-ils aux mêmes mécanismes que *La Nuit du renard* pour créer le suspense ?

Votre avis nous intéresse !
Laissez un commentaire sur le site de votre librairie en ligne
et partagez vos coups de cœur sur les réseaux sociaux !

POUR ALLER PLUS LOIN

ÉDITION DE RÉFÉRENCE

- Higgins Clark M., *La Nuit du renard*, Paris, Magnard, coll. « Classiques & Contemporains », 2000.

SUR LEPETITLITTÉRAIRE.FR

- Fiche de lecture sur *Le Billet gagnant et deux autres nouvelles* de Mary Higgins Clark.

Retrouvez notre offre complète sur lePetitLittéraire.fr

- des fiches de lectures
- des commentaires littéraires
- des questionnaires de lecture
- des résumés

ANOUILH
- Antigone

AUSTEN
- Orgueil et Préjugés

BALZAC
- Eugénie Grandet
- Le Père Goriot
- Illusions perdues

BARJAVEL
- La Nuit des temps

BEAUMARCHAIS
- Le Mariage de Figaro

BECKETT
- En attendant Godot

BRETON
- Nadja

CAMUS
- La Peste
- Les Justes
- L'Étranger

CARRÈRE
- Limonov

CÉLINE
- Voyage au bout de la nuit

CERVANTÈS
- Don Quichotte de la Manche

CHATEAUBRIAND
- Mémoires d'outre-tombe

CHODERLOS DE LACLOS
- Les Liaisons dangereuses

CHRÉTIEN DE TROYES
- Yvain ou le Chevalier au lion

CHRISTIE
- Dix Petits Nègres

CLAUDEL
- La Petite Fille de Monsieur Linh
- Le Rapport de Brodeck

COELHO
- L'Alchimiste

CONAN DOYLE
- Le Chien des Baskerville

DAI SIJIE
- Balzac et la Petite Tailleuse chinoise

DE GAULLE
- Mémoires de guerre III. Le Salut. 1944-1946

DE VIGAN
- No et moi

DICKER
- La Vérité sur l'affaire Harry Quebert

DIDEROT
- Supplément au Voyage de Bougainville

DUMAS
• Les Trois
  Mousquetaires

ÉNARD
• Parlez-leur
  de batailles,
  de rois et
  d'éléphants

FERRARI
• Le Sermon sur la
  chute de Rome

FLAUBERT
• Madame Bovary

FRANK
• Journal
  d'Anne Frank

FRED VARGAS
• Pars vite et
  reviens tard

GARY
• La Vie devant soi

GAUDÉ
• La Mort du
  roi Tsongor
• Le Soleil des
  Scorta

GAUTIER
• La Morte
  amoureuse
• Le Capitaine
  Fracasse

GAVALDA
• 35 kilos d'espoir

GIDE
• Les
  Faux-Monnayeurs

GIONO
• Le Grand
  Troupeau
• Le Hussard
  sur le toit

GIRAUDOUX
• La guerre de
  Troie
  n'aura pas lieu

GOLDING
• Sa Majesté des
  Mouches

GRIMBERT
• Un secret

HEMINGWAY
• Le Vieil Homme
  et la Mer

HESSEL
• Indignez-vous !

HOMÈRE
• L'Odyssée

HUGO
• Le Dernier Jour
  d'un condamné
• Les Misérables
• Notre-Dame
  de Paris

HUXLEY
• Le Meilleur
  des mondes

IONESCO
• Rhinocéros
• La Cantatrice
  chauve

JARY
• Ubu roi

JENNI
• L'Art français
  de la guerre

JOFFO
• Un sac de billes

KAFKA
• La Métamorphose

KEROUAC
• Sur la route

KESSEL
• Le Lion

LARSSON
• Millenium I. Les
  hommes qui
  n'aimaient pas
  les femmes

LE CLÉZIO
• Mondo

LEVI
• Si c'est un
  homme

LEVY
• Et si c'était vrai…

MAALOUF
• Léon l'Africain

MALRAUX
- La Condition humaine

MARIVAUX
- La Double Inconstance
- Le Jeu de l'amour et du hasard

MARTINEZ
- Du domaine des murmures

MAUPASSANT
- Boule de suif
- Le Horla
- Une vie

MAURIAC
- Le Nœud de vipères

MAURIAC
- Le Sagouin

MÉRIMÉE
- Tamango
- Colomba

MERLE
- La mort est mon métier

MOLIÈRE
- Le Misanthrope
- L'Avare
- Le Bourgeois gentilhomme

MONTAIGNE
- Essais

MORPURGO
- Le Roi Arthur

MUSSET
- Lorenzaccio

MUSSO
- Que serais-je sans toi ?

NOTHOMB
- Stupeur et Tremblements

ORWELL
- La Ferme des animaux
- 1984

PAGNOL
- La Gloire de mon père

PANCOL
- Les Yeux jaunes des crocodiles

PASCAL
- Pensées

PENNAC
- Au bonheur des ogres

POE
- La Chute de la maison Usher

PROUST
- Du côté de chez Swann

QUENEAU
- Zazie dans le métro

QUIGNARD
- Tous les matins du monde

RABELAIS
- Gargantua

RACINE
- Andromaque
- Britannicus
- Phèdre

ROUSSEAU
- Confessions

ROSTAND
- Cyrano de Bergerac

ROWLING
- Harry Potter à l'école des sorciers

SAINT-EXUPÉRY
- Le Petit Prince
- Vol de nuit

SARTRE
- Huis clos
- La Nausée
- Les Mouches

SCHLINK
- Le Liseur

SCHMITT
- La Part de l'autre
- Oscar et la
  Dame rose

SEPULVEDA
- Le Vieux qui
  lisait des romans
  d'amour

SHAKESPEARE
- Roméo et Juliette

SIMENON
- Le Chien jaune

STEEMAN
- L'Assassin
  habite au 21

STEINBECK
- Des souris et
  des hommes

STENDHAL
- Le Rouge et
  le Noir

STEVENSON
- L'Île au trésor

SÜSKIND
- Le Parfum

TOLSTOÏ
- Anna Karénine

TOURNIER
- Vendredi ou
  la Vie sauvage

TOUSSAINT
- Fuir

UHLMAN
- L'Ami retrouvé

VERNE
- Le Tour
  du monde
  en 80 jours
- Vingt mille
  lieues sous
  les mers
- Voyage au
  centre de
  la terre

VIAN
- L'Écume des jours

VOLTAIRE
- Candide

WELLS
- La Guerre des
  mondes

YOURCENAR
- Mémoires
  d'Hadrien

ZOLA
- Au bonheur
  des dames
- L'Assommoir
- Germinal

ZWEIG
- Le Joueur
  d'échecs

www.lepetitlitteraire.fr

ISBN version numérique : 978-2-8062-9424-1
ISBN version papier : 978-2-8062-9425-8
Dépôt légal : D/2017/12603/98

Avec la collaboration de Kelly Carrein pour les chapitres « Un exemple du genre policier à suspense » et « La postérité du roman ».

Conception numérique : Primento,
le partenaire numérique des éditeurs.

Ce titre a été réalisé avec le soutien de la Fédération Wallonie-Bruxelles, Service général des Lettres et du Livre.

Made in the USA
Monee, IL
07 July 2026

56545182R00020